Celebration of Life

In Loving Memmory of

....

....

Date

....

Guests

Name ....

Thoughts & Memories ....

Contact Info ....

Name ....

Thoughts & Memories ....

Contact Info ....

Name ....

Thoughts & Memories ....

Contact Info ....

Guests

Name ....

....

....

Contact Info ....

....

....

Name ....

....

....

Contact Info ....

....

....

Name ....

....

....

Contact Info ....

....

....

Thoughts & Memories ....

....

....

....

....

Thoughts & Memories ....

....

....

....

....

Thoughts & Memories ....

....

....

....

....

Guests

Name ....

....

Contact Info ....

....

Name ....

....

Contact Info ....

....

Name ....

....

Contact Info ....

....

Thoughts & Memories ....

....

....

....

Thoughts & Memories ....

....

....

....

Thoughts & Memories ....

....

....

....

Guests

Name ....

....

....

Contact Info ....

....

Name ....

....

....

Contact Info ....

....

Name ....

....

....

Contact Info ....

....

Thoughts & Memories ....

....

....

....

....

Thoughts & Memories ....

....

....

....

....

Thoughts & Memories ....

....

....

....

....

Guests

Name ....

....

Contact Info ....

....

Name ....

....

Contact Info ....

....

Name ....

....

Contact Info ....

....

Thoughts & Memories ....

....

....

....

....

Thoughts & Memories

....

....

....

....

Thoughts & Memories

....

....

....

....

Guests

Name ....

....

Contact Info ....

....

Name ....

....

Contact Info ....

....

Name ....

....

Contact Info ....

....

Thoughts & Memories ....

....

....

....

Thoughts & Memories ....

....

....

....

Thoughts & Memories ....

....

....

....

Guests

Name ....

....

Contact Info ....

....

Name ....

....

Contact Info ....

....

Name ....

....

Contact Info ....

....

Thoughts & Memories ....

....

....

....

Thoughts & Memories ....

....

....

....

Thoughts & Memories ....

....

....

....

Guests

Name ....

....

Contact Info ....

....

....

Name ....

....

Contact Info ....

....

Name ....

....

Contact Info ....

....

Thoughts & Memories ....

....

....

....

Thoughts & Memories ....

....

....

....

Thoughts & Memories ....

....

....

....

Guests

Name ....

Contact Info ....

Name ....

Contact Info ....

Name ....

Contact Info ....

Thoughts & Memories ....

Thoughts & Memories ....

Thoughts & Memories ....

Guests

Name ....

....

....

Contact Info ....

....

Name ....

....

....

Contact Info ....

....

Name ....

....

....

Contact Info ....

....

Thoughts & Memories ....

....

....

....

....

Thoughts & Memories ....

....

....

....

....

Thoughts & Memories ....

....

....

....

....

Guests

Name ....

....

Contact Info ....

....

Name ....

....

Contact Info ....

....

Name ....

....

Contact Info ....

....

Thoughts & Memories ....

....

....

....

Thoughts & Memories ....

....

....

....

Thoughts & Memories ....

....

....

....

Guests

Name ....

....

....

Contact Info ....

....

....

Name ....

....

....

Contact Info ....

....

....

Name ....

....

....

Contact Info ....

....

....

Thoughts & Memories ....

....

....

....

....

Thoughts & Memories ....

....

....

....

....

Thoughts & Memories ....

....

....

....

....

Guests

Name ....

....

Contact Info ....

....

Name ....

....

Contact Info ....

....

Name ....

....

Contact Info ....

....

Thoughts & Memories ....

....

....

....

Thoughts & Memories ....

....

....

....

Thoughts & Memories ....

....

....

....

Guests

Name ....

....

....

Contact Info ....

....

....

Name ....

....

....

Contact Info ....

....

....

Name ....

....

....

Contact Info ....

....

....

Thoughts & Memories ....

....

....

....

....

....

Thoughts & Memories

....

....

....

....

....

Thoughts & Memories

....

....

....

....

....

Guests

Name ....

....

Contact Info ....

....

Name ....

....

Contact Info ....

....

Name ....

....

Contact Info ....

....

Thoughts & Memories ....

....

....

....

Thoughts & Memories ....

....

....

....

Thoughts & Memories ....

....

....

....

Guests

Name..

Thoughts & Memories ....

Contact Info ....

Name..

Thoughts & Memories

Contact Info ....

Name..

Thoughts & Memories ....

Contact Info ....

Guests

Name ....

....

Contact Info ....

....

Name ....

....

Contact Info ....

....

Name ....

....

Contact Info ....

....

Thoughts & Memories ....

....

....

....

Thoughts & Memories ....

....

....

....

Thoughts & Memories ....

....

....

....

Guests

Name ....

....

Contact Info ....

....

Name ....

....

Contact Info ....

....

Name ....

....

Contact Info ....

....

Thoughts & Memories ....

....

....

....

....

Thoughts & Memories

....

....

....

....

Thoughts & Memories ....

....

....

....

....

Guests

Name ....

....

Contact Info ....

....

Name ....

....

Contact Info ....

....

Name ....

....

Contact Info ....

....

Thoughts & Memories ....

....

....

....

Thoughts & Memories ....

....

....

....

Thoughts & Memories ....

....

....

....

Guests

Name ....
....

Contact Info ....
....

Name ....
....

Contact Info ....
....

Name ....
....

Contact Info ....
....

Thoughts & Memories ....
....
....
....
....

Thoughts & Memories ....
....
....
....

Thoughts & Memories ....
....
....
....

Guests

Name ....

Contact Info ....

Thoughts & Memories ....

Name ....

Contact Info ....

Thoughts & Memories ....

Name ....

Contact Info ....

Thoughts & Memories ....

Guests

Name ....

....

Contact Info ....

....

Name ....

....

Contact Info ....

....

Name ....

....

Contact Info ....

....

Thoughts & Memories ....

....

....

....

....

Thoughts & Memories ....

....

....

....

....

Thoughts & Memories ....

....

....

....

....

Guests

Name ....

Thoughts & Memories ....

Contact Info ....

Name ....

Thoughts & Memories ....

Contact Info ....

Name ....

Thoughts & Memories ....

Contact Info ....

Guests

Name ....

....

Contact Info ....

....

Name ....

....

Contact Info ....

....

Name ....

....

Contact Info ....

....

Thoughts & Memories ....

....

....

....

Thoughts & Memories ....

....

....

....

Thoughts & Memories ....

....

....

....

Guests

Name ....

....

Contact Info ....

....

Name ....

....

Contact Info ....

....

Name ....

....

Contact Info ....

....

Thoughts & Memories ....

....

....

....

Thoughts & Memories ....

....

....

....

Thoughts & Memories ....

....

....

....

Guests

Name ....

....

....

Contact Info ....

....

Name ....

....

....

Contact Info ....

....

Name ....

....

....

Contact Info ....

....

Thoughts & Memories ....

....

....

....

....

Thoughts & Memories ....

....

....

....

....

Thoughts & Memories ....

....

....

....

....

Guests

Name ....

....

Contact Info ....

....

Name ....

....

Contact Info ....

....

Name ....

....

Contact Info ....

....

Thoughts & Memories ....

....

....

....

....

Thoughts & Memories ....

....

....

....

....

Thoughts & Memories ....

....

....

....

....

Guests

Name ....

....

Contact Info ....

....

Name ....

....

Contact Info ....

....

Name ....

....

Contact Info ....

....

Thoughts & Memories ....

....

....

....

Thoughts & Memories ....

....

....

....

Thoughts & Memories ....

....

....

....

Guests

Name ....

Contact Info ....

Name ....

Contact Info ....

Name ....

Contact Info ....

Thoughts & Memories ....

Thoughts & Memories ....

Thoughts & Memories ....

Guests

Name ....
....
....

Contact Info ....
....

Name ....
....

Contact Info ....
....

Name ....
....

Contact Info ....
....

Thoughts & Memories ....
....
....
....

Thoughts & Memories ....
....
....
....

Thoughts & Memories ....
....
....
....

Guests

Name ....

....

Contact Info ....

....

Name ....

....

Contact Info ....

....

Name ....

....

Contact Info ....

....

Thoughts & Memories ....

....

....

....

Thoughts & Memories ....

....

....

....

Thoughts & Memories ....

....

....

....

Guests

Name ....

....

Contact Info ....

....

Name ....

....

Contact Info ....

....

Name ....

....

Contact Info ....

....

Thoughts & Memories ....

....

....

....

....

Thoughts & Memories ....

....

....

....

....

Thoughts & Memories ....

....

....

....

....

Guests

Name ....

....

Contact Info ....

....

Name ....

....

Contact Info ....

....

Name ....

....

Contact Info ....

....

Thoughts & Memories ....

....

....

....

Thoughts & Memories ....

....

....

....

Thoughts & Memories ....

....

....

....

Guests

Name ....

....

....

Contact Info ....

....

Name ....

....

....

Contact Info ....

....

Name ....

....

....

Contact Info ....

....

Thoughts & Memories ....

....

....

....

....

Thoughts & Memories ....

....

....

....

....

Thoughts & Memories ....

....

....

....

....

Guests

Name ....

....

Contact Info ....

....

Name ....

....

Contact Info ....

....

Name ....

....

Contact Info ....

....

Thoughts & Memories ....

....

....

....

Thoughts & Memories ....

....

....

....

Thoughts & Memories ....

....

....

....

Guests

Name ....

....

....

Contact Info ....

....

Name ....

....

....

Contact Info ....

....

Name ....

....

....

Contact Info ....

....

Thoughts & Memories ....

....

....

....

....

Thoughts & Memories ....

....

....

....

....

Thoughts & Memories ....

....

....

....

....

Guests

Name ....

Thoughts & Memories ....

Contact Info ....

Name ....

Thoughts & Memories ....

Contact Info ....

Name ....

Thoughts & Memories ....

Contact Info ....

Guests

Name ....

....

Contact Info ....

....

Name ....

....

Contact Info ....

....

Name ....

....

Contact Info ....

....

Thoughts & Memories ....

....

....

....

Thoughts & Memories ....

....

....

....

Thoughts & Memories ....

....

....

....

Guests

Name ....

....

Contact Info ....

....

Name ....

....

Contact Info ....

....

Name ....

....

Contact Info ....

....

Thoughts & Memories ....

....

....

....

Thoughts & Memories ....

....

....

....

Thoughts & Memories ....

....

....

....

Guests

Name ....

....

....

Contact Info ....

....

Name ....

....

....

Contact Info ....

....

Name ....

....

....

Contact Info ....

....

Thoughts & Memories ....

....

....

....

....

....

Thoughts & Memories ....

....

....

....

....

....

Thoughts & Memories ....

....

....

....

....

....

Guests

Name ....

Contact Info ....

Name ....

Contact Info ....

Name ....

Contact Info ....

Thoughts & Memories ....

Thoughts & Memories ....

Thoughts & Memories ....

Guests

Name ....
....

Contact Info ....
....

Name ....
....

Contact Info ....
....

Name ....
....

Contact Info ....
....

Thoughts & Memories ....
....
....
....

Thoughts & Memories ....
....
....
....

Thoughts & Memories ....
....
....
....

Guests

Name ....

Thoughts & Memories ....

Contact Info ....

Name ....

Thoughts & Memories ....

Contact Info ....

Name ....

Thoughts & Memories ....

Contact Info ....

Guests

Name..
....
....

Contact Info..
....
....

Name..
....
....

Contact Info..
....
....

Name..
....
....

Contact Info..
....
....

Thoughts & Memories ....
....
....
....
....

Thoughts & Memories ....
....
....
....
....

Thoughts & Memories ....
....
....
....
....

Guests

Name ....

....

Contact Info ....

....

Name ....

....

Contact Info ....

....

Name ....

....

Contact Info ....

....

Thoughts & Memories ....

....

....

....

Thoughts & Memories ....

....

....

....

Thoughts & Memories ....

....

....

....

Guests

Name ....

....

....

Contact Info ....

....

....

Name ....

....

....

Contact Info ....

....

....

Name ....

....

....

Contact Info ....

....

....

Thoughts & Memories ....

....

....

....

....

Thoughts & Memories ....

....

....

....

....

Thoughts & Memories ....

....

....

....

....

Guests

Name ....

....

Contact Info ....

....

Name ....

....

Contact Info ....

....

Name ....

....

Contact Info ....

....

Thoughts & Memories ....

....

....

....

Thoughts & Memories ....

....

....

....

Thoughts & Memories ....

....

....

....

Guests

Name ....

....

Contact Info ....

....

Name ....

....

Contact Info ....

....

Name ....

....

Contact Info ....

....

Thoughts & Memories ....

....

....

....

Thoughts & Memories ....

....

....

....

Thoughts & Memories ....

....

....

....

Guests

Name ....

....

Contact Info ....

....

Name ....

....

Contact Info ....

....

Name ....

....

Contact Info ....

....

Thoughts & Memories ....

....

....

....

Thoughts & Memories ....

....

....

....

Thoughts & Memories ....

....

....

....

Guests

Name ....

....

....

Contact Info ....

....

Name ....

....

....

Contact Info ....

....

Name ....

....

....

Contact Info ....

....

Thoughts & Memories ....

....

....

....

Thoughts & Memories ....

....

....

....

Thoughts & Memories ....

....

....

....

Guests

Name ....

Contact Info ....

Name ....

Contact Info ....

Name ....

Contact Info ....

Thoughts & Memories ....

Thoughts & Memories ....

Thoughts & Memories ....

Guests

Name ....

....

Contact Info ....

....

Name ....

....

Contact Info ....

....

Name ....

....

Contact Info ....

....

Thoughts & Memories ....

....

....

....

Thoughts & Memories ....

....

....

....

Thoughts & Memories ....

....

....

....

Guests

Name ....

....

Contact Info ....

....

Name ....

....

Contact Info ....

....

Name ....

....

Contact Info ....

....

Thoughts & Memories ....

....

....

....

....

Thoughts & Memories ....

....

....

....

....

Thoughts & Memories ....

....

....

....

....

Guests

Name ....

....

Contact Info ....

....

Name ....

....

Contact Info ....

....

Name ....

....

Contact Info ....

....

Thoughts & Memories ....

....

....

....

Thoughts & Memories ....

....

....

....

Thoughts & Memories ....

....

....

....

Guests

Name ....

....

Contact Info ....

....

Name ....

....

Contact Info ....

....

Name ....

....

Contact Info ....

....

Thoughts & Memories ....

....

....

....

Thoughts & Memories ....

....

....

....

Thoughts & Memories ....

....

....

....

Guests

Name ....

....

....

Contact Info ....

....

Name ....

....

....

Contact Info ....

....

Name ....

....

....

Contact Info ....

....

Thoughts & Memories ....

....

....

....

....

Thoughts & Memories ....

....

....

....

....

Thoughts & Memories ....

....

....

....

....

Guests

Name ....

....

Contact Info ....

....

Name ....

....

Contact Info ....

....

Name ....

....

Contact Info ....

....

Thoughts & Memories ....

....

....

....

....

Thoughts & Memories ....

....

....

....

....

Thoughts & Memories ....

....

....

....

....

Guests

Name ....

Contact Info ....

Name ....

Contact Info ....

Name ....

Contact Info ....

Thoughts & Memories ....

Thoughts & Memories ....

Thoughts & Memories ....

Guests

Name ....

Thoughts & Memories ....

....

....

Contact Info ....

....

....

Name ....

Thoughts & Memories ....

....

....

Contact Info ....

....

....

Name ....

Thoughts & Memories ....

....

....

Contact Info ....

....

....

Guests

Name ....

....

Contact Info ....

....

Name ....

....

Contact Info ....

....

Name ....

....

Contact Info ....

....

Thoughts & Memories ....

....

....

....

....

Thoughts & Memories

....

....

....

....

Thoughts & Memories

....

....

....

....

Guests

Name ....

....

Contact Info ....

....

Name ....

....

Contact Info ....

....

Name ....

....

Contact Info ....

....

Thoughts & Memories ....

....

....

....

Thoughts & Memories ....

....

....

....

Thoughts & Memories ....

....

....

....

Guests

Name ....

....

Contact Info ....

....

Name ....

....

Contact Info ....

....

Name ....

....

Contact Info ....

....

Thoughts & Memories ....

....

....

....

Thoughts & Memories ....

....

....

Thoughts & Memories ....

....

....

Guests

Name ....

....

Contact Info ....

....

Name ....

....

Contact Info ....

....

Name ....

....

Contact Info ....

....

Thoughts & Memories ....

....

....

....

Thoughts & Memories ....

....

....

....

Thoughts & Memories ....

....

....

....

Guests

Name ....

....

Contact Info ....

....

Name ....

....

Contact Info ....

....

Name ....

....

Contact Info ....

....

Thoughts & Memories ....

....

....

....

Thoughts & Memories ....

....

....

....

Thoughts & Memories ....

....

....

....

Guests

Name ....

....

Contact Info ....

....

Name ....

....

Contact Info ....

....

Name ....

....

Contact Info ....

....

Thoughts & Memories ....

....

....

....

Thoughts & Memories ....

....

....

....

Thoughts & Memories ....

....

....

....

Guests

Name ....

Thoughts & Memories ....

....

....

....

....

Contact Info ....

....

....

....

....

Name ....

Thoughts & Memories

....

....

....

....

Contact Info ....

....

....

....

....

Name ....

Thoughts & Memories

....

....

....

....

Contact Info ....

....

....

....

Guests

Name ....

Thoughts & Memories ....

Contact Info ....

Name ....

Thoughts & Memories ....

Contact Info ....

Name ....

Thoughts & Memories ....

Contact Info ....

Guests

Name ....

....

....

Contact Info ....

....

Name ....

....

Contact Info ....

....

Name ....

....

Contact Info ....

....

Thoughts & Memories ....

....

....

....

Thoughts & Memories ....

....

....

....

Thoughts & Memories ....

....

....

....

Guests

Name ....

....

Contact Info ....

....

Name ....

....

Contact Info ....

....

Name ....

....

Contact Info ....

....

Thoughts & Memories ....

....

....

....

....

Thoughts & Memories ....

....

....

....

....

Thoughts & Memories ....

....

....

....

....

Guests

Name ....

....

Contact Info ....

....

Name ....

....

Contact Info ....

....

Name ....

....

Contact Info ....

....

Thoughts & Memories ....

....

....

....

Thoughts & Memories ....

....

....

....

Thoughts & Memories ....

....

....

....

Guests

Name ....

....

Contact Info ....

....

Name ....

....

Contact Info ....

....

Name ....

....

Contact Info ....

....

Thoughts & Memories ....

....

....

....

Thoughts & Memories ....

....

....

....

Thoughts & Memories ....

....

....

....

Guests

Name ....

Contact Info ....

Name ....

Contact Info ....

Name ....

Contact Info ....

Thoughts & Memories ....

Thoughts & Memories ....

Thoughts & Memories ....

Guests

Name ....

....

Contact Info ....

....

Name ....

....

Contact Info ....

....

Name ....

....

Contact Info ....

....

Thoughts & Memories ....

....

....

....

Thoughts & Memories ....

....

....

....

Thoughts & Memories ....

....

....

....

Guests

Name ....

....

Contact Info ....

....

Name ....

....

Contact Info ....

....

Name ....

....

Contact Info ....

....

Thoughts & Memories ....

....

....

....

Thoughts & Memories

....

....

....

Thoughts & Memories

....

....

....

Guests

Name ....

....

Contact Info ....

....

Name ....

....

Contact Info ....

....

Name ....

....

Contact Info ....

....

Thoughts & Memories ....

....

....

....

Thoughts & Memories ....

....

....

....

Thoughts & Memories ....

....

....

....

Guests

Name ....

....

Contact Info ....

....

Name ....

....

Contact Info ....

....

Name ....

....

Contact Info ....

....

Thoughts & Memories ....

....

....

....

....

Thoughts & Memories ....

....

....

....

....

Thoughts & Memories

....

....

....

....

Guests

Name ....
....

Contact Info ....
....

Name ....
....

Contact Info ....
....

Name ....
....

Contact Info ....
....

Thoughts & Memories ....
....
....
....
....

Thoughts & Memories ....
....
....
....
....

Thoughts & Memories ....
....
....
....
....

Guests

Name ....

Thoughts & Memories ....

Contact Info ....

Name ....

Thoughts & Memories ....

Contact Info ....

Name ....

Thoughts & Memories ....

Contact Info ....

Guests

Name ....

....

Contact Info ....

....

Name ....

....

Contact Info ....

....

Name ....

....

Contact Info ....

....

Thoughts & Memories ....

....

....

....

....

Thoughts & Memories ....

....

....

....

....

Thoughts & Memories ....

....

....

....

....

Guests

Name ....

....

Contact Info ....

....

Name ....

....

Contact Info ....

....

Name ....

....

Contact Info ....

....

Thoughts & Memories ....

....

....

....

Thoughts & Memories ....

....

....

....

Thoughts & Memories ....

....

....

....

Guests

Name ....

....

Contact Info ....

....

Name ....

....

Contact Info ....

....

Name ....

....

Contact Info ....

....

Thoughts & Memories ....

....

....

....

Thoughts & Memories ....

....

....

....

Thoughts & Memories ....

....

....

....

Guests

Name ....

....

Contact Info ....

....

Name ....

....

Contact Info ....

....

Name ....

....

Contact Info ....

....

Thoughts & Memories ....

....

....

....

Thoughts & Memories ....

....

....

....

Thoughts & Memories ....

....

....

....

Guests

Name ....

....

Contact Info ....

....

Name ....

....

Contact Info ....

....

Name ....

....

Contact Info ....

....

Thoughts & Memories ....

....

....

....

Thoughts & Memories ....

....

....

....

Thoughts & Memories ....

....

....

....

Guests

Name ....

....

Contact Info ....

....

Name ....

....

Contact Info ....

....

Name ....

....

Contact Info ....

....

Thoughts & Memories ....

....

....

....

Thoughts & Memories ....

....

....

....

Thoughts & Memories ....

....

....

....

Guests

Name ....

Thoughts & Memories ....

Contact Info ....

Name ....

Thoughts & Memories ....

Contact Info ....

Name ....

Thoughts & Memories ....

Contact Info ....

Guests

Name ....

....

Contact Info ....

....

Name ....

....

Contact Info ....

....

Name ....

....

Contact Info ....

....

Thoughts & Memories ....

....

....

....

Thoughts & Memories ....

....

....

....

Thoughts & Memories ....

....

....

....

Guests

Name ....

....

Thoughts & Memories ....

....

....

Contact Info ....

....

....

....

Name ....

....

Thoughts & Memories ....

....

....

Contact Info ....

....

....

....

Name ....

....

Thoughts & Memories ....

....

....

Contact Info ....

....

....

Guests

Name ....
....

Contact Info ....
....

Name ....
....

Contact Info ....
....

Name ....
....

Contact Info ....
....

Thoughts & Memories ....
....
....
....

Thoughts & Memories ....
....
....
....

Thoughts & Memories ....
....
....
....

Guests

Name ....

....

Contact Info ....

....

Name ....

....

Contact Info ....

....

Name ....

....

Contact Info ....

....

Thoughts & Memories ....

....

....

....

Thoughts & Memories ....

....

....

....

Thoughts & Memories ....

....

....

....

Guests

Name ....

Contact Info ....

Name ....

Contact Info ....

Name ....

Contact Info ....

Thoughts & Memories ....

Thoughts & Memories ....

Thoughts & Memories ....

Guests

Name ....

....

Contact Info ....

....

Name ....

....

Contact Info ....

....

Name ....

....

Contact Info ....

....

Thoughts & Memories ....

....

....

....

....

Thoughts & Memories ....

....

....

....

....

Thoughts & Memories ....

....

....

....

....

Guests

Name ....

....

Contact Info ....

....

Name ....

....

Contact Info ....

....

Name ....

....

Contact Info ....

....

Thoughts & Memories ....

....

....

....

Thoughts & Memories ....

....

....

....

Thoughts & Memories ....

....

....

....

Guests

Name ....

....

Contact Info ....

....

Name ....

Contact Info ....

....

Name ....

Contact Info ....

....

Thoughts & Memories ....

....

....

....

Thoughts & Memories ....

....

....

....

Thoughts & Memories ....

....

....

....

Guests

Name ....

Contact Info ....

Name ....

Contact Info ....

Name ....

Contact Info ....

Thoughts & Memories ....

Thoughts & Memories ....

Thoughts & Memories ....

Guests

Name ....

....

Contact Info ....

....

Name ....

....

Contact Info ....

....

Name ....

....

Contact Info ....

....

Thoughts & Memories ....

....

....

....

Thoughts & Memories ....

....

....

....

Thoughts & Memories ....

....

....

....

Guests

Name ....

....

....

Contact Info ....

....

Name ....

....

Contact Info ....

....

Name ....

....

Contact Info ....

....

Thoughts & Memories ....

....

....

Thoughts & Memories ....

....

....

Thoughts & Memories ....

....

....

Guests

Name ....

....

Contact Info ....

....

Name ....

....

Contact Info ....

....

Name ....

....

Contact Info ....

....

Thoughts & Memories ....

....

....

....

Thoughts & Memories ....

....

....

....

Thoughts & Memories ....

....

....

....

Guests

Name ....

....

Contact Info ....

....

Name ....

....

Contact Info ....

....

Name ....

....

Contact Info ....

....

Thoughts & Memories ....

....

....

....

Thoughts & Memories ....

....

....

....

Thoughts & Memories ....

....

....

....

Guests

Name ....

....

Contact Info ....

....

Name ....

....

Contact Info ....

....

Name ....

....

Contact Info ....

....

Thoughts & Memories ....

....

....

....

Thoughts & Memories ....

....

....

....

Thoughts & Memories ....

....

....

....

Guests

Name ....

....

Contact Info ....

....

Name ....

....

Contact Info ....

....

Name ....

....

Contact Info ....

....

Thoughts & Memories ....

....

....

....

Thoughts & Memories ....

....

....

....

Thoughts & Memories ....

....

....

....

Guests

Name ....

Thoughts & Memories ....

Contact Info ....

Name ....

Thoughts & Memories ....

Contact Info ....

Name ....

Thoughts & Memories ....

Contact Info ....

Guests

Name ....
....

Contact Info ....
....

Name ....
....

Contact Info ....
....

Name ....
....

Contact Info ....
....

Thoughts & Memories ....
....
....
....

Thoughts & Memories ....
....
....
....

Thoughts & Memories ....
....
....
....

Guests

Name ....

....

Contact Info ....

....

Name ....

....

Contact Info ....

....

Name ....

....

Contact Info ....

....

Thoughts & Memories ....

....

....

....

....

Thoughts & Memories ....

....

....

....

Thoughts & Memories ....

....

....

....

Guests

Name ···

···

Contact Info ··

···

Name ···

···

Contact Info ··

···

Name ···

···

Contact Info ··

···

Thoughts & Memories ·······························

···

···

···

···

Thoughts & Memories

···

···

···

···

Thoughts & Memories ·······························

···

···

···

···

Guests

Name ....

....

Contact Info ....

....

Name ....

....

Contact Info ....

....

Name ....

....

Contact Info ....

....

Thoughts & Memories ....

....

....

....

Thoughts & Memories ....

....

....

....

Thoughts & Memories ....

....

....

....

Guests

Name ....

Thoughts & Memories ....

....

....

Contact Info ....

....

....

....

Name ....

Thoughts & Memories ....

....

....

Contact Info ....

....

....

....

Name ....

Thoughts & Memories ....

....

....

Contact Info ....

....

....

Guests

Name ....

....

Contact Info ....

....

Name ....

....

Contact Info ....

....

Name ....

....

Contact Info ....

....

Thoughts & Memories ....

....

....

....

Thoughts & Memories ....

....

....

....

Thoughts & Memories ....

....

....

....

Guests

Name ....

....

Contact Info ....

....

Name ....

....

Contact Info ....

....

Name ....

....

Contact Info ....

....

Thoughts & Memories ....

....

....

Thoughts & Memories ....

....

....

Thoughts & Memories ....

....

....

Made in the USA
Las Vegas, NV
05 January 2024